Judy Moody & Stink

LA LOCA, LOCA BÚSQUEDA DEL TESORO

Judy Moody & Stink

LA LOCA, LOCA BÚSQUEDA DEL TESORO

Megan McDonald

Ilustraciones de Peter H. Reynolds

ALFAGUARA

Título original: *Judy Moody & Stink: The Mad, Mad, Mad, Mad Treasure Hunt*
Publicado primero por Walker Books Limited, Londres SE11 5HJ

© Del texto: Megan McDonald, 2009
© De las ilustraciones: Peter H. Reynolds, 2009
© De la traducción: P. Rozarena, 2010
© De la tipografía de Judy Moody: Peter H. Reynolds, 2008

© De esta edición:
2011, Santillana USA Publishing Company, Inc.
2023 NW 84th Avenue
Doral, FL 33122, USA
www.santillanausa.com

Alfaguara es un sello editorial del **Grupo Santillana**.
Éstas son sus sedes:

Argentina, Bolivia, Chile, Colombia, Costa Rica, Ecuador, El Salvador, España,
Estados Unidos, Guatemala, México, Panamá, Paraguay, Perú, Puerto Rico,
República Dominicana, Uruguay y Venezuela.

Judy Moody y Stink. La loca, loca búsqueda del tesoro

ISBN: 978-1-61605-137-2

Impreso en Colombia, por D'Vinni S.A.

15 14 13 12 11   1 2 3 4 5 6 7 8 9 10

Para Eliza
M.M.
Para Holly McGhee
P.H.R.

Índice

Quién es Quién

Molly, la Loca O' Maggot

ALIAS JUDY MOODY

Escorbuto Stink

ALIAS STINK MOODY

Escorbuto Sam

ALIAS CAPITÁN WEEVIL

CAPITÁN JACK BORDA ROTA

ALIAS PAPÁ

KATE FREGONA ESCARLATA

ALIAS MAMÁ

HALEY DOBLE FILO

ALIAS CHICA LISTA

GRUMETE CALZONES

ALIAS CHICO ALTO

Desde el día en que el primer barco surcó los mares, existen los piratas. Y desde que existen los piratas, Stink Moody ha deseado navegar en un barco hasta una isla. Una isla del tesoro.

Un ferry no era exactamente un barco pirata, pero de todos modos Stink se llevó su equipo de supervivencia: brújula, linterna, cuaderno, un ejemplar de *La isla del tesoro*, una bandera pirata,

las reglas del buen pirata y... ¡un catalejo!

Desde la cubierta superior del ferry,
Stink observó con un ojo a través de su
catalejo. El ojo que no estaba tapado por
el parche, claro.

Lo único que fue capaz de ver era
azul, azul, azul. El cielo azul. El agua azul.
Y azul... ¿una camiseta? Su hermana
Judy se había plantado en medio.

—¡Oye, Judy, la carne de burro no es
transparente!

Cuando Judy se apartó Stink enfocó su
catalejo hacia el horizonte.

—Creo que ya la veo —dijo Stink—.
¡isla Vegetal! Quiero decir, isla Alcachofa.

—Querrás decir isla Ocracoke —le corrigió Judy.

—Bueno, como se llame —dijo Stink—. Yo lo que quiero es ver piratas y encontrar un barco hundido y ver oro de verdad y descubrir un tesoro.

—Sí, bueno. Sólo estaremos en Carolina del Norte por unos días.

A través de su catalejo, Stink vio a su padre y a su madre en la cubierta de abajo.

—¡Eh! Ustedes. Los de la cubierta de popa —llamó.

—¿Cuál es la cubierta de popa? ¿Qué sabes tú de eso? ¡Déjame ver! —Judy le quitó el catalejo a Stink.

Stink alzó los brazos y cantó como un pirata:

Quince hombres muertos en un arcón
¡qué divertido! ¡No piden ron...!

—Oye, Stink, hay un chico en la cubierta de popa que te está mirando. Ese alto que lleva una camiseta con una tortuga. Al lado de esa chica con lentes. Parece simpática. Y también ella te está mirando.

Skink dio un golpe al aire con su espada invisible:

Quince arcones y un hombre muerto.
¡Era el pirata del ojo tuerto!

Stink hizo como si caminara por la plancha en la cubierta superior. El barco atravesó un remolino de olas y dio un bandazo. Judy se aferró a la barandilla.

Stink se cayó de bruces sobre la cubierta y se agarró el estómago poniendo caras raras.

—¿Qué te pasa? —preguntó Judy—. ¿Vas a vomitar?

—¡Calla...! No digas la palabra "vomitar" cuando un pirata está a punto de ídem.

Judy trató de pensar en algo... algo que distrajera a Stink. ¡Otra palabra!

—Stink, ¿cómo dices que un pirata "guacarea"?

—¡Te dije que no dijeras *vomitar*!

—¡No he dicho *vomitar*! He dicho guacarear, que es distinto.

—Un pirata no guacarea, es valiente y *vuelve* una vez más al combate.

—Bueno, entonces ¿cómo dices que un pirata ha vaciado su estómago por la boca?

—¡No digo nada! Es una ordinariez.

—¡Se dice que ha "devuelto" la comida! ¡Ah, qué pirata ladrón que *devuelve* en vez de robar! —Judy se reía a carcajadas.

—Me pican los pies —Stink se rascó los pies como loco—. Y me duelen los dientes. ¿Me han salido manchas rojas? ¿Se me van a caer los dientes?

—Stink, saca la lengua y di ahhh... —ordenó la doctora Judy—. Stink, te faltan dos dientes y tienes la cara roja.

—Dolor de estómago. Picor en los pies. Dientes caídos. Cara enrojecida. ¡Me voy a morir!

—Eso tengo que decirlo yo, que soy la doctora.

—¡Lo tengo! ¡Es que lo tengo!

—¿Tienes qué?

—¡Escorbuto! ¡Soy hombre muerto! —dijo Stink.

—¡Escorbuto! —exclamó Judy—. Lo único que te pasa es que estás un poco mareado. Cierra los ojos un minuto y pon la cabeza entre las rodillas. Así, mamá siempre me daba galletas saladas cuando me sentía con el estómago revuelto y parecía que iba a... bueno, a eso que no se puede decir delante de un pirata.

Stink permaneció tranquilo durante un momento masticando las galletas.

Por fin, cuando el barco dejó de balancearse, se puso de pie.

—Ya estoy bien. Me siento mucho mejor —Stink incluso ondeó su bandera roja pirata para que la vieran sus padres.

—¿Dónde se ha visto una bandera pirata roja, Stink? —preguntó Judy.

—Pues para que lo sepas, ésta es la bandera de un Moody, un verdadero pirata.

—¿Un Moody pirata? ¡No lo puedo creer! Todos los piratas eran malas personas. Espero que no haya habido piratas en nuestra familia.

—Se llamaba Cristóbal Moody —dijo Stink—. Navegó alrededor de las Carolinas con Black Bart. Uno de los pocos piratas con bandera roja. Tiene una calavera y dos tibias cruzadas, un brazo con un puñal y un reloj de arena con alas, que quiere decir: "Tu tiempo vuela". ¿Lo entiendes?

—¡Guau! —exclamó Judy—. ¡Bien por el verdadero pirata llamado Moody! Piénsalo, Stink, Cristóbal Moody pudo ser nuestro tátara, tátara, tátara, tátara, tátara, tátarabuelo.

—¡Me da escalofríos pensarlo! —gritó Stink.

—¡Estupendo! —dijo Judy—. Sangre pirata corre por mis venas.

—Las chicas no pueden ser piratas.

—¿Quién lo dice?

—Lo dice la regla pirata

número seis: No se admitirán chicas en los barcos. Está en el código pirata —Stink sacó el *Libro de las Reglas Piratas*—. ¿Ves? Hay diez reglas piratas. Quebranta una y servirás de merienda a los tiburones.

—¿Y qué hay de las chicas piratas como Anne Bonny o Mary Read que vestían como chicos? A ver, pásame el libro. ¿Qué dice de eso la regla pirata número seis?

—Oye, no maltrates las reglas piratas.

—Una vez leí acerca de una chica pirata a la que le arrancaron de un mordisco una oreja en una pelea. Ella recogió su oreja y se la colgó al cuello con una cadena. Te lo juro.

Libro de las Reglas Piratas

Stink levantó el pelo de su hermana.

—A mí me parece que tú todavía tienes tus dos orejas —dijo—. Y lo único que llevas colgado del cuello es la gargantilla de dientes de tiburón que yo te regalé.

—¡Atrás, miserable! ¡Costroso traidor! ¡Repugnante escorbutoso!

¡T ierra! —gritó Stink en cuanto el ferry se aproximó al amarradero. Y bajó corriendo por la plancha cantando:

¡Ya estamos todos llegando
por la pasarela bailando…!

Sus piernas seguían balanceándose.

—Todavía tienes patas de mar, ¿eh? —dijo una voz que provenía del malecón.

—¿Qué? —Stink buscó entrecerrando los ojos. Una larga sombra le ocultaba la luz del sol. La sombra llevaba un sucio pañuelo y una enmarañada barba. La sombra tenía un parche en un ojo y un aro de oro como arete en una oreja.

¡La sombra era un pirata!

—Mi nombre es Capitán Weevil —dijo el pirata—, pero los amigos me llaman Escorbuto Sam.

—¡Cuando estaba en el ferry pensé que tenía escorbuto! —dijo Stink.

—¿Y ustedes son…?

—Um, yo el Capitán Moody —dijo Stink señalándose a sí mismo.

—Pero sus amigos le llaman Escorbuto Stink —bromeó Judy, bajando detrás de su hermano.

—Y ésta es Molly, la Loca O'Maggot —dijo Stink señalando a su hermana.

—Hombre, gracias —murmuró Judy.

—Bienvenidos a la isla Pirata —dijo Escorbuto Sam, guiñando el ojo.

—¿Isla Pirata? Yo creía que era la isla Alcachofa o algo así.

El pirata se echó a reir.

—Las gentes de por aquí la llaman la isla Pirata porque, allá en sus tiempos, anduvo por aquí el mismísimo Barbanegra haciendo sus fechorías.

—¡Guau! —exclamó Stink— ¿Es usted un pirata de verdad?, ¿de verdad verdadera?

—¡Claro que soy un pirata de verdad! Jálame de la barba si quieres, grumete.

—Oh, no, gracias. Regla pirata numero once: no provoques a un pirata, porque puedes perder la cabeza.

—¡Compren sus mapas aquí! —pregonaba Escorbuto Sam a la gente que se bajaba del ferry. Le pasó uno a Judy.

—Escuchen ustedes, cubos de escoria y cabezas de chorlito —anunció Escorbuto Sam—. Éste es el fin de semana de la tercera celebración anual de la caza del tesoro en isla Pirata. La diversión y las mutilaciones empezarán por la mañana temprano.

—¿De verdad? —preguntó Stink.

—¿De verdad? —preguntó Judy.

—¿Acaso les mentiría? —preguntó el pirata.

—Pues, claro —dijo Judy—. Usted es un pirata.

—Te diste cuenta, eres una chica lista, muchachita, pero esta vez no les estoy tomando el pelo. Vengan a mi barco pirata anclado en el puerto de Silver Lake. Una X marca el lugar —señaló una gran X roja en el mapa—. Les daré las primeras pistas hacia el tesoro a las mil en punto. Tendrán tiempo para comer algo y echarse un sueñecito antes del amanecer. Encontrarán las primeras pistas en el barco.

ISLA PIRATA

LA CAZA DEL TESORO

ISLA ALCACHOFA

—¿Qué hay que hacer? —preguntó Stink.

—Sigan el rastro de las pistas, chiquillo. El primero que encuentre las dieciséis piezas de a ocho, gana el doblón de oro.

—Un doblón es una moneda de oro —explicó Stink a Judy—. Vale dieciséis monedas de plata.

—Ya lo sabía —dijo Judy, que por supuesto no lo sabía.

—¡Un doblón pirata! —preguntó Stink— ¿Es de oro de verdad?

—Tan de oro de verdad como el diente de un pirata —bromeó Escorbuto Sam—. Y si ganan, podrán dar un paseo conmigo en el barco del mismísimo pirata Barbarroja, el Venganza de la Reina Ana II. ¡Si es que se atreven!

—Eso estaría genial—dijo Stink.

—Tendrán que andar con cuidado —avisó Escorbuto Sam—. Allá donde hay piratas hay trampas y un montón de trucos y mentiras. Grrr...

Papá llegó con las maletas.

—Venga, vamos. Es hora de ir al albergue.

—Y tienen que lavarse las manos antes de comer —dijo mamá, tirando de su maleta de ruedas.

—¿Oyeron? —dijo Stink—. Una verdadera caza del tesoro. Aquí mismo en la isla Pirata. ¿Podemos apuntarnos?

—¿Podemos, podemos, podemos? —preguntaron Molly, la Loca, y Escorbuto Stink.

⚓ ⚓ ⚓

—Luces apagadas a las nueve en punto —dijo mamá cuando regresaron al albergue Almeja después de cenar—. Y cuando digo "luces" me refiero también a las linternas. Regla pirata número cuatro.

—¡Tú también, no! —protestó Judy—. La hora de acostarse no es una regla pirata. Estamos de vacaciones. ¿No podemos quedarnos levantados hasta un poco más tarde?

—Nada de motines en el bajel, Moody —dijo mamá muy seria.

Stink consultó su libro de las reglas piratas.

— Tiene razón.

—Vamos, niños. Hoy hicimos un largo viaje —dijo papá—. No quieren estar llenos de energía mañana...

—¡La caza del tesoro! —exclamaron a la vez Judy y Stink.

Y al poco tiempo los dos estaban profundamente dormidos.

Stink fue el primero que se levantó a la mañana siguiente.

—Stink, ¿te vas a poner otra vez esa camiseta pirata de rayas? ¡Si ni siquiera te has bañado!

—Los piratas no se bañan —aseguró Stink—. Ven, huele mi sobaquito.

—¡Asqueroso! Hueles peor que el mono de un pirata en el bote de la basura.

—¡Bah...! —desdeñó Stink.

Cuando papá y mamá se levantaron tomaron su café, leyeron el periódico durante mil años, acompañaron a Judy y a Stink al puerto de Silver Lake, donde la caza del tesoro estaba a punto de empezar.

—¡Lo veo! —exclamó Stink—. ¡Veo el barco pirata!

Frente a ellos se alzaban los altos palos de los tres mástiles que sostenían las cuadradas velas del "Venganza de la Reina Ana II". Niños y adultos lo contemplaban con admiración.

Una campana desde el barco repicó varias veces seguidas. En ese momento un pirata bajó deslizándose por una cuerda desde un penol de popa y aterrizó

sobre la cubierta con un golpe sordo ¡cataplafff! ¡Escorbuto Sam!

—¡Bravo, bravo! ¡Bienvenidos, cazadores de tesoros! —saludó—. Bienvenidos a la Tercera Celebración Anual de la Caza del Tesoro en la Isla Pirata. Escuchen, tunantes. Habrá cinco pistas. Cada una conducirá a la siguiente. Cuando piensen que han encontrado una pista, entréguenla al pirata asistente que tengan más cerca, quien llevará un saco rojo y repartirá piezas de a ocho. El primero en descubrir las cinco pistas y reunir las die-

ciséis piezas de a ocho, ganará el doblón de oro y un paseo conmigo en el "Reina Ana II".

Escorbuto Sam levantó en alto una pieza de plata de a ocho.

—Yo les daré la primera pieza. La última está escondida, y va a ser más difícil de encontrar que a un pirata con corbata —todos se echaron a reír—. El que la encuentre debe apresurarse a traerla al centro pirata. No se admitirán falsificaciones —dijo Escorbuto Sam con una risotada—. Y una última advertencia, tienen hasta mañana a mediodía. Cuando escuchen la campana del barco, vuelvan para ver si alguien ha ganado el oro. Todos los participantes se llevarán un premio: una gran bolsa con botín pirata.

Después de unos cuantos "bravos", "zarpen" y "a toda vela" más, Escorbuto Sam desenrolló un pergamino y leyó en voz alta para que todos oyeran la primera pista.

—Buena suerte y que los vientos les sean propicios hasta la vuelta, que sus únicos enemigos sean la ratas y que se diviertan a toneladas. ¡Que empiece el rastreo!

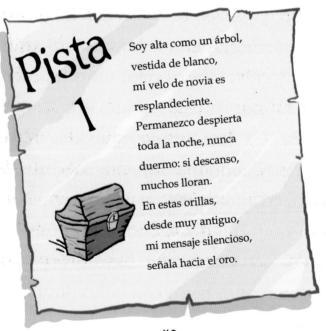

Pista 1

Soy alta como un árbol,
vestida de blanco,
mi velo de novia es
resplandeciente.
Permanezco despierta
toda la noche, nunca
duermo: si descanso,
muchos lloran.
En estas orillas,
desde muy antiguo,
mi mensaje silencioso,
señala hacia el oro.

Judy y Stink se despidieron de sus padres.

—Papá y yo nos vamos a la playa. Si no los vemos antes de mediodía, nos encontraremos enfrente del puesto de hot dogs de Barnacle Bob a las doce y media —dijo mamá.

—¡Diviértanse! —les deseó papá.

Stink y Judy se abrieron camino a través de la multitud, adelantaron al señor gordo y calvo que llevaba un niño sobre los hombros, y a la señora con los tres perros, y a los gemelos que chupaban paletas. Cuando se pusieron delante de todos, Escorbuto Sam estaba repartiendo la primera moneda y la primera pista. Una niña con frenos en los dientes pisó a

Stink cuando se adelantaba para recibir su moneda.

—Stink no mires. Son el chico alto y la chica lista. Los que vimos ayer en el ferry —Judy los miró de reojo.

—Vamos, date prisa. Lee la pista otra vez —pidió Stink—. Tenemos que ganarles —leyeron la pista tres veces.

—Alta como un árbol —dijo Stink— puede ser la nave pirata. Los mástiles son altos como árboles y las velas pueden ser el velo de la novia.

—No puede ser el barco, Stink. Nadie puede subir al barco si no ha ganado el oro.

—Entonces pienso que puede ser el mástil de la bandera. El mástil de la bandera es alto como un árbol.

—Bueno, vi una iglesia en el pueblo y tiene un campanario muy alto. Y es blanca. El mástil de una bandera no es blanco.

—Es blanco, si está pintado de blanco —dijo Stink—, como el que vi enfrente de la oficina de correos.

—Pero no lleva un velo de novia —dijo Judy.

—Lo llevaría si le pusieran una bandera blanca —dijo Stink.

—Lo que yo digo es que en las iglesias hay novias.

Judy tenía razón. En las iglesias había novias. ¡Será rata de bodega!

—Y las iglesias están *levantadas* toda la noche —dijo Judy—. Ya sabes que siempre están abiertas por si la gente las necesita.

—También los mástiles de bandera están en pie toda la noche —dijo Stink.

—Pero les quitan la bandera cuando anochece.

—¡Botes de basura! —exclamó Stink. Judy volvía a tener razón—. Y eso de que muchos lloran, ¿qué? La gente llora cuando alguien se muere y ponen la bandera a media asta.

—La gente también llora en la iglesia —puntualizó Stink

—Y en las bodas. Yo digo que es la iglesia —Judy replicó

—El mástil de la bandera —dijo Stink.

—La iglesia.

—¡EL MÁSTIL DE LA BANDERA!

—¡Oye! Recuerda la regla pirata número ocho. Nada de peleas —dijo Judy.

—Eso es sólo a bordo del barco —dijo Stink.

—Bueno, me rindo —dijo Judy—. Iremos a los dos sitios.

Judy hizo la cabeza para atrás y examinó el mástil de la bandera que se levantaba frente a la oficina de correos.

—Stink, te equivocas, esta bandera no es blanca.

—Es blanca... entre las rayas rojas —dijo Stink.

—¡Cabezón! Apúrate, vamos a la iglesia —dijo Judy, pero cuando llegaron allí la encontraron cerrada.

—¡Ja! ¡No está abierta toda la noche! —se rio Stink.

—Por lo menos es alta y blanca, y tiene novias —dijo Judy. Pero por allí no había ningún asistente pirata a la vista.

—Piensa. ¿Qué más es alto? —Stink echó una mirada alrededor. Vio el faro sobresaliendo por encima de los árboles—. ¡Un faro es alto!

—¡Y está pintado de blanco! —dijo Judy.

—¡Y tiene un luz resplandeciente! —dijo Stink.

—¡Y está en pie toda la noche! —dijo Judy—. ¡Y si se para, los barcos se estrellarán contra las rocas!

—¡Al faro! —dijo Stink señalando el camino.

⚓ ⚓ ⚓

El faro era alto y centelleba al sol. Stink se acercó para leer la placa.

—Este faro es viejísimo.

—Ya lo sé —dijo Judy.

—Tiene casi doscientos años —dijo Stink.

—Ya lo sé.

—Este faro es muy alto —dijo Stink.

—Ya lo sé.

—Tiene unos veintiocho metros de altura.

—Ya lo sé.

—King Kong solo medía ocho metros.

—Ya lo sé.

—El faro se puede ver desde una distancia de diez kilómetros.

—Ya lo sé.

—Antes lo alimentaban como a una lámpara gigante, con aceite de ballena.

—Ya lo sé.

—Cada faro tiene su propio ritmo de señales luminosas, así que los barcos saben de qué faro se trata —dijo Stink— Y...

—¿Y qué? —preguntó Judy.

—Algunos incluso utilizan el código morse. ¿Sabías eso? —preguntó Stink.

—No, no, yo no sabía que los faros podían enviar mensajes secretos en código morse. ¡Fantástico! —dijo Judy—. Stink eres un genio.

—Bueno, y ahora. ¿Cómo encontramos la próxima pista? —preguntó Stink.

Judy no lo escuchaba, estaba observando al chico alto y a la chica lista que estaban hablando con una guardia del parque. Una guardesa del parque que llevaba... ¡Un pañuelo pirata!

—Vamos a hablar con aquella señora asistente pirata.

La guardia tenía el pelo corto y rizado y un sombrero como el del Oso Yogui. Sonrió a Judy y a Stink.

—¿Contraseña? —preguntó bajito.

—Um... ¿faro? —murmuraron los dos a la vez.

—¡Acaban de ganar cinco piezas de a ocho! —la guardia metió la mano en un cubo y depositó las monedas en la mano de Stink. Tintinearon al caer.

Stink rebuscó en su mochila. Sacó una bolsita negra y se la ató al cinturón.

—Guardaremos aquí nuestro botín pirata. ¡Ya tenemos seis monedas!

—Ya pueden defender ese botín con sus vidas —dijo la guardia—. ¡Hay piratas por todas partes! —y les entregó la siguiente pista.

Judy y Stink se sentaron en un tronco caído y la abrieron.

—¡Está en código morse! —dijo Stink.

—¿Código morse? No tenemos ni idea de cómo descifrar eso.

—¿Quién lo ha dicho? —dijo Stink rebuscando en su mochila de supervivencia otra vez.

—Shhh... —dijo Judy—. Espías en cubierta. Espías en cubierta.

—Tú tienes el mapa —oyeron que el chico alto le preguntaba a la chica lista—. ¿Dónde está la biblioteca?

—¡La biblioteca! —susurró Judy—. ¡Buena idea! Vamos...

Stink sacó un cuadernito con espiral que tenía el código morse en la cubierta.

—¿Llevas el código morse en tu equipo de supervivencia? —se asombró Judy.

—Uno nunca sabe cuándo puede ser abandonado en una isla desierta y tiene que enviar un mensaje de auxilio.

—Stink, ¿te he dicho últimamente que eres un genio?

Stink guiñó un ojo.

—Me lo acabas de decir; pero no me importa que me lo repitas.

—... .— .—. —... .——. . ——. .—. .—

Judy miró cada letra y la escribió en el cuaderno de Stink.

—¿Qué dice? ¿Qué dice? —la apremió Stink.

—Déjame terminar —dijo Judy.

—¿Es Barbo? ¿Es Babear? ¿Es Barbera? —trataba de adivinar Stink.

—¡Barbanegra! —exclamaron a la vez Judy y Stink olvidándose por completo de los espías.

Judy y Stink se encontraron con sus padres enfrente de Barnacle Bob.

—Esas dos chicas con las caras pintadas también tienen mapas —dijo Judy señalándolas.

—Y también ese ridículo chico surfista —dijo Stink—. El que no para de comer hot dogs.

Stink y Judy devoraron sus hot dogs, luego sus padres los llevaron en carro a dar una vuelta por la ciudad mientras ellos trataban de descifrar la siguiente pista. Algo acerca de Barbanegra.

Fueron al castillo de Barbanegra. Curiosearon en una tienda de regalos que se llamaba Locura de Barbanegra. Echaron un vistazo a una tienda de surfing llamada El descalzo Barbanegra, pero todo lo que encontraron fue un montón de chanclas.

—Vamos a estacionarnos y a caminar por el centro del pueblo —dijo mamá—.

Necesito crema protectora. Y espero poder encontrar algunos materiales de dibujo que...

—¿Tenemos que ir nosotros? —preguntó Stink, que se sentía agotado por el aburrimiento de las compras.

—Vengan, será divertido —dijo mamá—. Hay una tienda de juguetes y una de mascotas como Piel & Colmillos, y un puesto de helados.

—Los piratas no se divierten con juguetes —dijo Stink—, ni van a tiendas de mascotas.

—¿Ni siquiera a tiendas de disfraces de piratas? —bromeó mamá.

—Y, desde luego, no comen helados —aseguró Judy.

—¿Ni siquiera esas paletas heladas con forma de calavera? —preguntó papá con una sonrisa.

—Algunas veces los padres están de lo más despistados —le susurró Judy a Stink.

—También nosotros estamos despistados —dijo Stink refiriéndose al juego de las pistas, y a los dos hermanos les dio por reír hasta que les dolió la panza.

—¡Detente! —pidió Stink—. Me van a dar ganas de vomitar otra vez.

⚓ ⚓ ⚓

En el pueblo, Stink y Judy vieron por todas partes a chicos y chicas con mapas.

—Stink. Mira. Al otro lado de la calle. El chico alto y la chica lista.

—¿Qué pasa? ¿Tengo que mirarlos cada vez que nos los encontremos? —pero de todos modos los miró—. Oye, ¿qué te parece si los seguimos en plan de espías?

—Stink, eso es trampa —dijo Judy.

—Regla pirata no sé cuantas: haz trampas siempre que puedas.

—¡Carbunclo! —exclamó Judy.

Judy y Stink recorrieron de arriba abajo Back Road y School Road, entrando y saliendo de las tiendas detrás de papá y mamá.

Stink se quejaba de aburrimiento. Judy sólo ponía cara de aburrida.

Hasta que... oyeron un voz.

—¡Al abordaje! ¡Al abordaje! —decía la voz. No era la voz del pirata Escorbuto Sam. Era una voz aguda y chillona.

—¡Adelante a toda vela! —chilló.

—Creo que sale de la tienda de animales —dijo Judy colándose dentro a todo correr.

—¡A la tienda de animales! —gritó Stink a sus padres, corriendo detrás de Judy.

—¡Bandera pirata! ¡Piezas de a ocho! ¡Bandera Pirata!

—¡Es ese loro! —dijo Stink señalando un ave grande azul y amarilla con largas plumas en la cola. Se acercaron rápidamente a su jaula.

—¡Genial! —dijo Judy.

—¿Cómo te llamas? —preguntó Stink, imitando la voz del loro.

—Mira, Stink, aquí dice que se llama...

—¡BARBANEGRA! —exclamaron a la vez Judy y Stink.

Se precipitaron sobre el muchacho que estaba detrás del mostrador. Llevaba una melena negra como el carbón y casi le tapaba los ojos, una camisa verde militar a la que le faltaban las mangas y un arete de plata que colgaba de una oreja.

—¿Es, por casualidad, ese bicho Barbanegra? —le murmuró Stink.

—¿Sabes algo de la caza del tesoro? —le preguntó Judy—, porque nos parece que tu loro es Barbanegra y ésa es nuestra siguiente pista.

—La han encontrado —dijo el muchacho, poniéndose la banda roja. Apretó
un botón en la caja registradora y le dio
cuatro piezas de a ocho.

—¡Diez! —dijo Stink—. ¡Ya tenemos diez! ¡Vamos a ganar! Sólo tenemos que resolver tres pistas más y ganar seis piezas de a ocho más.

Stink y Judy se acercaron a la jaula y buscaron a su alrededor algún papel, dentro o fuera de la jaula, o debajo de ella.

—¡Oye! —le dijo Judy al muchacho—. Aquí no hay nada.

—La tiene él —dijo el muchacho—. Pregúntenle a él.

—"¡Buack!" ¡Barbanegra cantaba en lo profundo de la noche!

—¡Oye! Está cantando esa vieja canción de los Beatles que papá canta de vez en cuando y que habla de un pájaro negro

—dijo Judy—. A lo mejor la pista es "pájaro negro".

—¿Es la pista "pájaro negro"? —le preguntó Stink al loro—. ¿Es ésa la pista?

—Símbolo pirata. El símbolo pirata —dijo Barbanegra, encrespando las plumas y moviendo la cabeza de arriba abajo.

—Se puso muy nervioso. A lo mejor ésa es la pista.

—El símbolo pirata.

—Eso es —dijo Judy—. Cada vez que decimos la palabra "pista"...

—El símbolo pirata.

—¿Lo ves? —dijo Judy.

—Suena como un disco rayado —dijo Stink.

—¿Es "Símbolo pirata"? ¿Es ésa la pista? —preguntó Judy al muchacho del mostrador.

—Símbolo pirata —chilló Barbanegra.

—¡Ya lo sabemos! ¡Ya lo sabemos! —exclamó Stink tapándose los oídos—. ¡Vámonos de aquí! No puedo pensar.

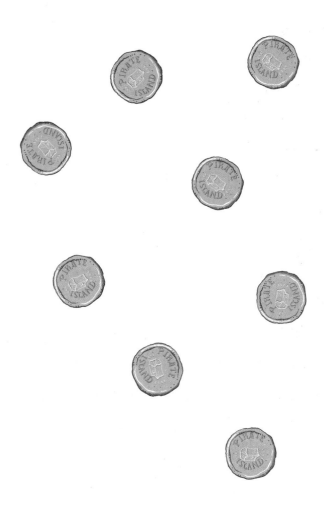

Judy y Stink esperaron fuera mientras mamá y papá entraban en la tienda de arte. Una familia con tres niños pequeños pasó de largo empuñando la primera pista.

—Ésos ni siquiera han encontrado todavía "lo que tú ya sabes" —murmuró Stink.

—Ya, pero qué me dices de ese otro —dijo Judy. Señaló a un chico pelirrojo con la cara llena de pecas y una mancha blanca en la nariz—. Cuando pasó a nuestro lado me pareció oír un tintineo de monedas en su bolsillo. Como si llevara el "botín pirata".

Stink no la miraba. Estaba muy ocupado contando las monedas, una vez más.

—Oye, el chico alto y la chica lista están entrando en la cafetería.

—¿Tú crees que saben algo que nosotros no sabemos? —preguntó Stink.

—No. A menos que la tienda tenga un símbolo pirata en algún sitio. Vamos, Stink. Piensa. Pon a trabajar ese cerebro tuyo hasta que eche humo.

—Quizá tengan un helado con sabor pirata y ésa sea la señal pirata.

—Vamos, no digas bobadas.

—Bueno, quizás tengan una bandera —dijo Stink.

—Tienes el cerebro lleno de banderas —dijo Judy.

—En el cerebro del "genio" —dijo Stink, rompiendo a reir—. Me refiero a banderas piratas. Cada pirata tiene la suya, algunas son negras, otras son rojo sangre.

—Bueno. No mires ahora, pero me parece que alguien está espiándonos.

Al otro lado de la calle, mientras la chica lista sorbía su refresco, el chico alto miraba a través de sus binoculares, enfocados directamente a Judy y Stink.

—Esos apestosos espías —dijo Stink.

—Déjalos que espíen —dijo Judy—. No estamos haciendo nada.

—Ya, y no son los únicos espías en esta isla —dijo Stink, sacando su catalejo y apuntándolo hacia el chico alto—. No te preocupes. No nos están mirando a nosotros. Parece que están espiando algo en la tienda de arte.

—¿Y qué puede haber de interesante en la tienda de arte? —preguntó Judy—.

Sólo tienen pinceles
y cosas así.

—Yo creo que es-
tán mirando en
todas las tiendas
que hay en esta
parte de la calle.
Probablemente
buscan cualquier
cartel que tenga pira-
tas pintados.

Su ojo de artista

Pinceles
Ilustraciones
Reglas
Acuarelas
Tintas
Anilinas

Abierto

Judy levantó la vista para leer el viejo
cartelón de madera:

—¡Genial! —Judy señaló el cartelón—.
Mira, compruébalo. Este cartel es un
acróstico, ¿lo ves? Las primeras letras de
cada palabra forman la palabra PIRATA.

¡Tiene que ser! ¡Lo sé! Vamos, Escorbuto Stink —Judy tiró del brazo de su hermano—. Vamos deprisa a buscar nuestra próxima pista antes de que esa Nancy Drews se nos adelante.

El asistente pirata de la tienda de arte les entregó tres monedas más y la siguiente pista.

Cuando salían de la tienda de arte, el chico alto y la chica lista cruzaron la calle en dirección a la misma. Judy y Stink se ocultaron en un portal y se apresuraron a leer la siguiente pista.

—¡Reloj! —exclamó Stink en un susurro—. ¡Es un reloj!

—Pero dice que no hace ni tic ni tac —dijo Judy—. Y que no tiene agujas. Oye,

PISTA 4

No hace tic,
ni tac, ni toc,
silencioso y sin agujas
avanza el reloj.

No lo piensen más,
dejen de dudar.
La arena del tiempo
corre sin parar.

a lo mejor es un reloj digital, como los de las estaciones.

—Vamos a preguntar a mamá y a papá si hay una tienda de relojes por aquí.

Judy leyó la pista otra vez. Miró a Stink, que andaba muy concentrado, como ca-

minando sobre la plancha, por encima
de un banco, agitando su bandera pirata, mientras esperaban a sus padres.

—Oye, Stink, ¿te acuerdas del tipo
aquel, Cristóbal Moody, el pirata? ¿No
dijo él algo sobre que el tiempo corre?

—Sí, y por eso había un reloj de arena en su bandera —dijo Stink—, que quiere decir: "no te líes con piratas o eres hombre muerto". ¡Espera! ¡Un reloj de arena no tiene agujas! Ni hace tic ni tac y tiene arena. ¡La arena del tiempo!

—¡Lo adivinaste, grumete! —dijo Judy.

—¿Dónde podemos encontrar un reloj como ése? —preguntó Stink.

—En cualquier sitio en donde haya piratas muertos —dijo Judy.

Horas en cristal

¡Tengo un calor...! —se quejó Stink.

—¡Y yo tengo una sed...! —dijo Judy imitando a su hermano y echándose a reír.

—Han estado todo el día de acá para allá con el juego —dijo papá—, deberíamos volver...

—¡No! —gritó Stink.

—Podemos beber un refresco y descansar un rato en la habitación hasta la

hora de la cena —dijo mamá—. Y les voy a enseñar las conchas que he recogido.

—¡Ni concha ni concho! —protestó Stink—. No podemos dejarlo ahora. Hay otros concursantes que nos están siguiendo de cerca. Otros que son más altos que nosotros y más listos. Y pueden ganarnos.

—Seguro, seguro, seguro y requeteseguro —dijo Judy.

Fueron a la tienda de antigüedades. No había un reloj de arena. Miraron en la biblioteca. Ningún reloj de arena. Visitaron el museo donde vieron toda clase de objetos y restos de naufragios: ni un reloj de arena.

—¡Qué pérdida de tiempo! —dijo Judy.

—Por lo menos hemos visto oro de verdad —dijo Stink.

—Dirás "polvo de oro" —le corrigió Judy—. Vamos "Campanita". Llevamos una hora buscando un reloj de arena. Yo también quiero volver.

—Muy bien, "Pipi Calzaslargas" —dijo Stink.

⚓ ⚓ ⚓

De vuelta en el albergue, Stink se dejó caer sobre la gran cama y se quedó mirando al techo.

—¿Y ahora quién se porta como Pipi Calzaslargas? —bromeó Judy.

—Sí, ya, pero ella tenía una maleta llena de monedas de oro. Nosotros no tenemos nada, *nothing*, *rien*, cero.

—Vamos, no abandones el barco ahora —le animó Judy—. Sólo nos faltan tres monedas más.

—Cuando hayan descansado un poco —dijo mamá—. ¿Qué les parecería hacer una merienda-cena y luego ir a dar una vuelta por el paseo de los Fantasmas? Me traje algunos materiales de la tienda de arte por si quieren calcar algunos relieves de las viejas lápidas.

Stink se sentó de un salto.

—¿Allí hay piratas muertos?

⚓ ⚓ ⚓

Cuando empezaba a atardecer, entre dos luces, un grupo de visitantes se reu-

nió en el estacionamiento de Villa Arte-
sanía.

—Adivina quién nos viene siguiendo,
quiero decir, espiando. El chico alto y la chica lista —le cuchicheó Stink a su hermana.

—Copiones —murmuró Judy.

Un hombre de pelo blanco con una
corbata de lazo guiaba la visita.

—Hace unos trescientos años, Barbanegra encontró su muerte aquí. Le ¡zas!,
cortaron la cabeza y después lo tiraron
por la borda. Cuentan las historias, que

el cuerpo descabezado nadó alrededor del barco siete veces antes de hundirse —señaló por entre los árboles hacia una playa—. Algunos dicen que si se va a Springer's Point por la noche, se puede ver el fantasma del mismísimo Barbanegra, reluciendo en la oscuridad, y yendo de un lado a otro en busca de su cabeza.

El pequeño grupo de gente siguió al hombre arriba y abajo por la calle Howard, miraban y curioseaban las tumbas por encima de las vallas de madera mientras escuchaban las historias de gentes enterradas en la isla Old Diver, como Edgar, el del banjo. Se detuvieron en tres cementerios en los que había lápidas que tenían barcos y conchas, anclas y flechas, corazones y manos estrechándose.

Pero ni un solo reloj de arena.

Al final del paseo, llegaron a una pequeña tumba detrás de una enorme antigua casa pintada de blanco que ahora era un museo.

Judy trabajaba junto a una lápida, calcando una ballena, cuando Stink se acercó corriendo.

—¿Sabes qué? Estaba espiando "a tú ya sabes quienes". Y oí al chico alto decir "la X marca el lugar" y luego los dos se murieron de risa, como si fuera una broma muy divertida.

—¡Qué extraño! —dijo Judy.

—Extraño al cuadrado, así que los seguí.

—¿Encontraste algo sobre el reloj de arena? —le susurró Judy.

—¡Lo encontré! —Stink sacó un pedazo de papel enrollado que llevaba a su espalda.

Cuando lo desenrolló, Judy pudo ver un calco hecho a lápiz sobre una vieja lápida pirata que mostraba un reloj de arena. La silueta del reloj parecía una gran X.

—Una X marca el lugar —dijo Judy—. Éste tiene que ser, Stink. Lo siento en

AQUÍ YACE

mis huesos. Vamos a llevarlo y a recoger nuestra plata.

Judy y Stink dieron la vuelta a la casa y empujaron la puerta principal. Estaba cerrada y bien cerrada. Como si no se hubiera abierto nunca. Como si no fuera a abrirse jamás.

Stink aplastó la nariz contra el cristal del gran ventanal que había junto a la puerta.

—Tenemos que meternos ahí o el chico alto y la chica lista seguro nos ganan.

—Stink, es muy tarde. No hay nadie dentro. No podemos colarnos así por las buenas...

—Oye, a lo mejor podemos pulsar el timbre de alarma.

—¡Gran idea, Stink!… Si es que quieres acabar en la cárcel.

—Me gustaría tener supermegacuadruplevisión de rayos X —dijo Stink—, así podría ver desde aquí si ahí dentro hay otra pista.

—Olvídalo, Stink. Tendremos que volver por la mañana.

—¡No porque tú lo digas! —protestó Stink.

—Lo dice la regla pirata diez y medio: "El que se cuele en un museo después de oscurecer deberá ser encerrado en un calabozo en la bodega con las ratas". Molly, la Loca O'Maggot ha hablado.

—¡Tonterías y babosadas! —exclamó Stink.

Mientras Judy y Stink bajaban las escalinatas, una enorme luna rojiza se levantaba en el cielo. Las retorcidas ramas de los robles proyectaban fantasmales sombras sobre la senda. Un búho ululó. Tres ranas croaron. Judy y Stink brincaron asustados cuando oyeron un chirrido espeluznante.

—Es sólo esta vieja puerta oxidada, chicos —dijo el guía—. O quizá no. Se dice que algunas gentes de los alrededores han oído sonidos extraños: risas, llantos, voces que no se sabe de dónde salen. Destellos de luz que nadie puede explicarse.

Stink se estremeció. Judy metió los brazos dentro de la camiseta.

—Vámonos de aquí —dijo Stink—. Este sitio me da escalofríos.

—¡Vaya pirata! — dijo Judy.

⚓ ⚓ ⚓

Cuando aquella noche Judy y Stink se quedaron por fin dormidos, visiones de relojes de arena les bailaban por la cabeza. Por la mañana, sacaron a su padre de la cama en cuanto se despertaron. Mientras los llevaba en el carro hacia la casa blanca, Judy miraba sin cesar por si aparecían el chico alto y la chica lista.

Stink miró el reloj de su padre cien veces. Por fin, una señora con ciento diez llaves, llegó para abrir la puerta.

—Madrugaron mucho —dijo la señora—. Seguro que son cazadores del tesoro.

—Desde luego —dijo papá—. ¿Han venido muchos otros?

—¿Como por ejemplo un chico muy alto? —dijo Stink—. ¿Y una chica con lentes que parece súper lista?

—Ustedes son mis primeros clientes —dijo la señora.

Stink desenrolló su calco de la lápida con el reloj de arena y se lo enseñó a la señora.

—¿Es éste? ¿Lo hemos encontrado? ¿Hemos ganado monedas de plata?

—Sí, sí y sí —dijo la señora y les entregó dos monedas de plata.

Stink volcó todas sus monedas sobre el mostrador.

—Dos, cuatro, seis...¡quince! ¡Ya sólo nos falta una! ¡Una!

—Sí, Stink, yo también sé contar —dijo Judy—. Todavía nos queda descubrir la última pista final, y la más difícil porque sólo tenemos tiempo hasta mediodía.

—Aquí la tienen —dijo la señora entregándole un papel a Judy.

—Volvamos al hotel —dijo papá—, para encontrarnos con mamá. Desayunaremos con ella.

—Yo no tengo hambre —declaró Stink—. Vamos, lee la pista, ¡léela! —exigió. Y Judy leyó:

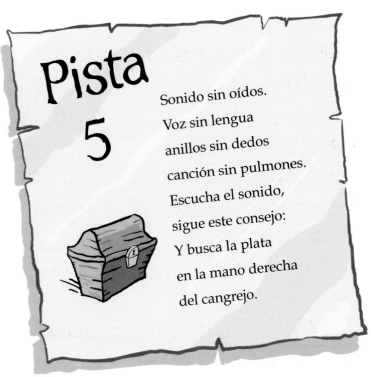

Pista 5

Sonido sin oídos.
Voz sin lengua
anillos sin dedos
canción sin pulmones.
Escucha el sonido,
sigue este consejo:
Y busca la plata
en la mano derecha
del cangrejo.

—¡Rayos y truenos! —exclamó Stink—. ¡Esto no tiene sentido! ¿Sonido sin oídos? ¿Voz sin lengua? ¡Imposible!

—Todo el mundo tiene lengua —dijo Judy—. Hasta tus tenis tienen "lengüeta".

—Pero mis tenis no tienen voz —dijo Stink.

—Bueno, las campanas suenan, y están colgadas de anillos de hierro, aunque no tienen dedos.

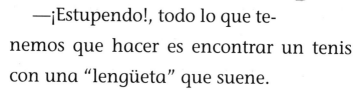

—¡Estupendo!, todo lo que tenemos que hacer es encontrar un tenis con una "lengüeta" que suene.

—Si el tenis fuera tuyo, no lo oiríamos, lo "oleríamos" —dijo Judy y se echó a reír.

—¿Te crees muy graciosa, verdad? —dijo Stink—. ¿Oye, y qué puede ser eso de la mano derecha del cangrejo? Dice: busca la plata en la mano derecha del cangrejo. Los cangrejos no tienen manos.

—La mano derecha de un cangrejo es una pinza, Stink. Una pinza de cangrejo.

—Hay millones de cangrejos en esta isla, y todos tienen pinzas.

—Pero sólo hay un sitio que se llame La pinza del cangrejo —dijo Judy mostrándole el mapa—. Es un restaurante en la carretera de Ocean Road.

—De repente me dio hambre —dijo Stink—. Un hambre de tiburón.

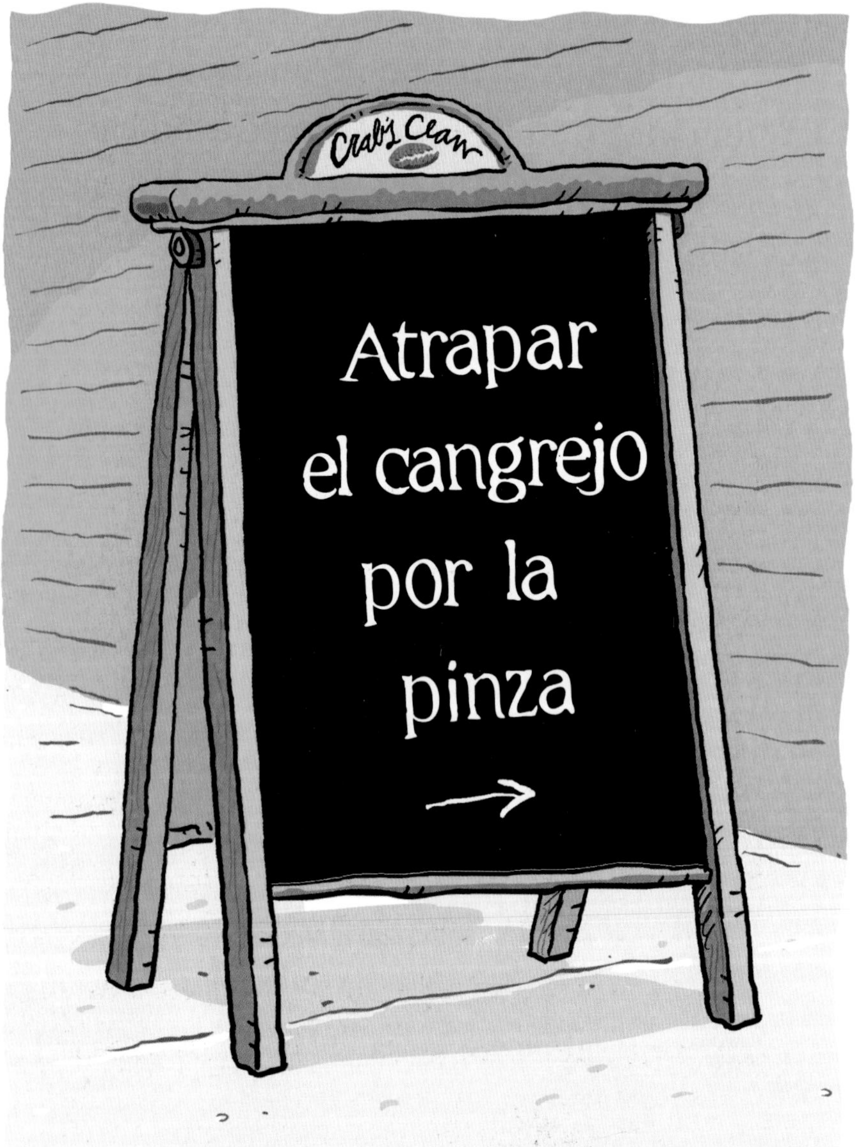
Crab's Claw
Atrapar el cangrejo por la pinza

Cuando Judy y Stink iban a entrar en La Pinza del Cangrejo, otra familia salía. ¡El chico alto y la chica lista! Judy los saludó:

—¡Hola!

—¿Por qué les has dicho "hola"? —preguntó Stink en cuanto se sentaron.

—Bueno, se me escapó —dijo Judy.

—El chico alto y la chica lista, nos están siguiendo muy de cerca. ¿Tú crees que tenían pinta de haber venido a desayunar? ¿O estaban buscando pistas? ¿Y qué si ya encontraron el oro y nosotros llegamos tarde?

—Tranquilo, preguntón Stink —dijo Judy—. Mira, si lo hubieran encontrado, nos habríamos enterado —Judy rebuscó entre los paquetes de azúcar que había en la mesa y encontró cuatro con conchas para su colección.

—Rápido, vamos a buscar la última pieza de a ocho —apremió Stink—. Escorbuto Sam dijo que sería difícil; pero tiene que estar aquí, ¡tiene que estar aquí!

—Bueno, pidan primero —dijo mamá.

Stink miró el menú.

Menú

Tortilla de cangrejo
Cangrejo suzette
Revuelto de
huevos y cangrejo
Cangrejo frito
Cangrejo azul
en salsa
Cazuela de cangrejo
picante

—Este menú es bastante "cangrejoso".

—Tú sí que eres cangrejoso —dijo Judy.

—Y tú más —dijo Stink

—Tú eres el más cangre-quejoso de todos —dijo Judy.

—Y tú también.

—Yo no puedo ser cangre-quejoso porque soy chica.

—Pues serás cangre-quejosa...

El camarero preguntó:

—Vamos a ver, chicos, ¿qué van a tomar?

—Un vaso de agua, por favor —pidió Stink.

—Yo también —dijo Judy.

—Niños —dijo mamá—, tienen que comer algo.

—Pide leche con cereales —le dijo Judy a Stink—. Es lo más rápido.

Mientras esperaban a que les sirvieran, Judy y Stink curiosearon por el establecimiento buscando la última moneda de plata escondida en la pinza del cangrejo. Había redes llenas de cangrejos colgadas en las paredes.

Había cangrejos en las cortinas, espejos con forma de cangrejo, cangrejos para abrir las puertas.

—Hay diez mil millones de cangrejos aquí —dijo Judy.

Pero ni una moneda de plata.

—Ya sé —exclamó Stink—. Una vez vi una vieja película que se llamaba *La Isla Misteriosa*, y dos hombres, Ted y Ned, o algo así, pisaron al malvado cangrejo gigante escondido en la arena. El cangrejo atacó y agarró a Ned...

—¿Cómo sabes que fue a Ned?

—Bueno, a uno de ellos, da lo mismo —dijo Stink—. Tú escucha. Mientras Ned gritaba, el otro hombre ató una cuerda alrededor de una pinza del cangrejo

gigante. Lo arrastró hasta unas rocas y lo echó dentro de una poza de agua hirviendo. Luego se lo comieron.

—Ya está aquí la comida —dijo papá.

—Bueno, y con eso qué me quieres decir —le dijo Judy a Stink.

—Pues que, a lo mejor, puede haber un cangrejo gigante escondido debajo de la arena de esta isla, y en su pinza derecha podría estar la moneda de plata. ¿Cómo no lo pensé antes?

—Quién sabe... —suspiró Judy.

⚓ ⚓ ⚓

Cuando salieron, Stink preguntó:

—¿Es ésta la mano derecha del cangrejo?

—Es la Pinza del Cangrejo —le contestó la señora del mostrador.

—¿Es usted por casualidad una asistente pirata? ¿Tiene usted una pieza de a ocho escondida en alguna parte?

—No, no la tengo —dijo la señora, negando con la cabeza—. Lo siento, chicos.

—Bueno, ¿y ahora qué? —preguntó papá cuando salieron.

—¡Ay!, tengo que volver —dijo Judy—. Se me olvidaban mis paquetes de azúcar. Y mi mantelito. Los quiero para mi cuaderno de recuerdos.

—¡Date prisa! —dijo Stink—. Casi no nos queda tiempo.

Unos pocos minutos después, Judy salió corriendo, agitando en el aire su mantelito.

—¡Stink, creo que la encontré! Mira esto —mostró su mantelito para que Stink pudiera examinarlo.

—¿Eso? Es un mantelito.

—Sí, pero mira lo que hay en el mantelito —le dijo Judy.

Stink miró el papel de nuevo.

—¿Eso? Es un mapa.

Judy señaló otra vez.

—Deja de ser un cabezón cangre-quejoso por una vez y mira bien.

—¿Qué tengo que mirar? No es más que un mapa de la isla.

—Es un mapa de la isla y del océano Atlántico y del estrecho de Pámlico

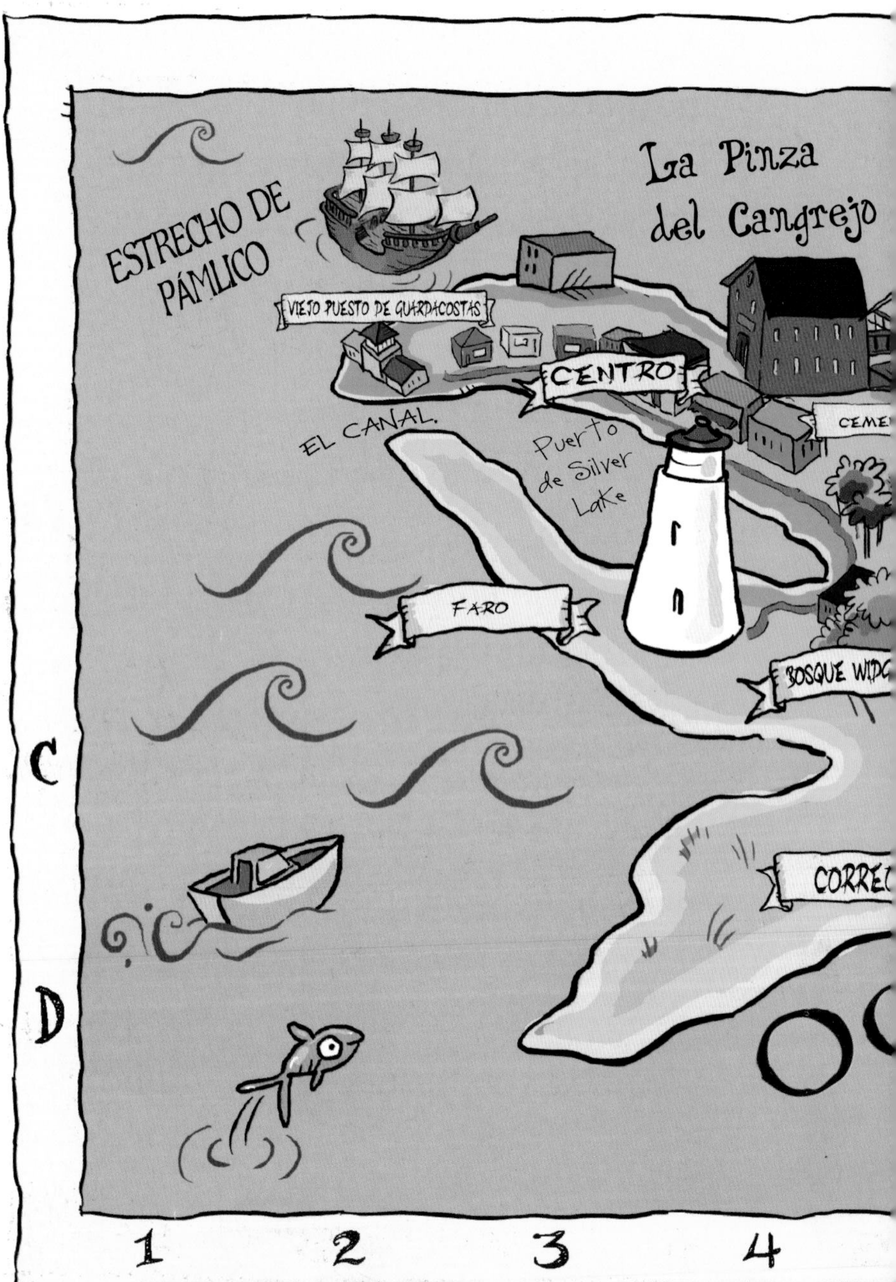
La Pinza del Cangrejo
ESTRECHO DE PÁMLICO
VIEJO PUESTO DE GUARDACOSTAS
CENTRO
EL CANAL.
Puerto de Silver Lake
FARO
C
D
1
2
3
4

Isla
ALCACHOFA

CALA DE LA OSTRA

DUNAS JACKSON

PISTA DE
ATERRIZAJE

CANO ATLÁNTICO

C

D

5   6   7   8   9

—Judy recorrió con su dedo la lengua de tierra que forma el puerto de Silver Lake—.Fíjate en la forma de la isla.

—¿Y eso qué? Parece... —y, de repente, se dio cuenta—. ¡Tiene la forma de la pinza de un cangrejo gigante! —Stink pegó brincos de alegría.

Judy le cerró la boca con una mano:

—¡Eso. Cuéntaselo a todo el mundo, bobo!

Papá tomó la carretera de Silver Lake y la siguieron dando la vuelta al puerto.

—Llévanos lo más lejos que puedas, papá —pidió Stink.

—Eso, hasta la punta de la pinza del cangrejo —dijo Judy.

—Podemos estacionarnos en el centro de visitantes —sugirió mamá.

Salieron del coche y echaron un vistazo alrededor.

—Un montón de chicos con mapas —dijo mamá— están cruzando la acera camino del museo. Pero la punta de la isla es el viejo puesto de la guardia costera, que tiene delante la campana, abajo, junto al agua.

—¿Campana? —exclamaron Judy y Stink al mismo tiempo.

—Una campana suena, pero no tiene dedos —dijo Stink.

—¿Cómo se llama esa cosa que cuelga dentro de la campana?

—El badajo —dijo mamá.

—O la lengua —dijo papá.

—Suena y no tiene oídos —dijo Stink.

—Tiene voz y no tiene lengua —dijo Judy—. Seguro que esa campana no tiene badajo.

—Porque tiene dentro el botín pirata —Stink se detuvo—. Creo que he visto al chico alto y a la chica lista, entrar en el museo. ¿Y si hay otra campana allí dentro? ¿La buena?

Judy había ya empezado a andar.

—¡Espérenme! —gritó Stink.

Se detuvo junto a la enorme campana de bronce, como la campana de la

Libertad, pero sin rajadura. Stink la empujó.

—¡No suena!

—¡Mira dentro! ¡Tú, mira dentro! —le gritó Judy. Stink metio la cabeza dentro de la campana—. ¿Ves algo?

—Está negro —dijo Stink—. Pásame la linterna.

Judy hurgó en la mochila de Stink hasta que encontró la linterna. Metió la cabeza dentro de la campana y paseó la luz de la linterna por el interior.

De repente, la luz iluminó algo que brillaba. Un centelleo, un chispazo. ¡Plata! Una reluciente moneda de plata estaba pegada en el interior de la campana.

—¡Viva! —exclamó Judy.

—¡Mamá! ¡Papá! —gritó Stink—. ¡Encontramos el oro!

—Bueno, la verdad es que hemos encontrado la plata —dijo Judy—. Pero eso significa que ¡hemos ganado, ganado, ganado...! —Stink y Judy se abrazaron gritando. La gente los miraba, las ardillas salieron corriendo a esconderse y las gaviotas alzaron el vuelo.

Judy y Stink saltaron y bailotearon hasta que les faltó el aliento y se dejaron caer sentados, todavía riendo. A Stink le dio hipo de tanto reírse.

—Me... ¡hip!... siento... ¡hip!... como... si... hubiera... ganado... ¡hip!... en... las... Olimpiadas... —tartamudeó— ¡Hip!

—El hipo olímpico ¿verdad? —dijo Judy.

Un hombre salió del puesto de la guardia costera y les estrechó las manos.

—Base a Escorbuto Sam —dijo hablando por un walkie talkie—. Vente, Escorbuto Sam. Tenemos una pareja de ganadores.

Papá y mamá se reunieron con ellos para contemplar la moneda de plata.

—Casi no puedo creer que les hayamos ganado al chico alto y a la chica lista —dijo Stink—. ¡Y por muy poquito!

—Me gusta la constancia con la que han trabajado —dijo papá—, sin rendirse en ningún momento.

—¿Vieron lo que pueden conseguir cuando trabajan juntos? —observó mamá.

—Dos cerebros son mejor que uno solo —dijo Judy.

—Especialmente cuando son los cerebros de Escorbuto Stink y de Molly, la Loca O'Maggot —dijo Stink dándose golpecitos en la cabeza.

⚓ ⚓ ⚓

Stink y Judy se presentaron en la central pirata poco antes del mediodía. Un pequeño grupo de personas se había reunido allí.

Stink y Judy se acercaron rápidamente a Escorbuto Sam. Stink abrió su bolsa y contó las dieciséis piezas de a ocho. Los ojos de Escorbuto Sam brillaban más que los ojos de Barbanegra, el pirata, cuando desvalijaba un barco cargado de oro.

—Que me cuelguen si éstos no son Molly, la Loca y Escorbuto Stink. ¿Así que son los dos bribones más espabilados de estas orillas, eh?

Escorbuto Sam subió a bordo de su barco y dio doce toques de campana.

—¡Aviso para todos! ¡Tenemos ya a nuestros dos ganadores!

Después de un largo discurso, Escorbuto Sam desembarcó y se acercó a Stink y a Judy. Con los brazos en alto, bailó una danza extravagante. La gente rio, aplaudió y silbó.

—Ahora —dijo— cuéntennos, chicos, para que todos lo oigan, cómo le hicieron. ¿Cuál es su secreto? ¿Eh?

—Sólo un supermegapotente cerebro —declaró Stink dándose golpecitos en la cabeza—, y un estupendo equipo de supervivencia.

—Y un poco de suerte —añadió Judy—. Aunque por culpa de Stink casi acabamos en la cárcel—. La gente se echó a reír.

Escorbuto Sam entregó un resplandeciente doblón de oro a cada uno, uno a Judy y otro a Stink. El de Stink tenía una calavera y dos tibias cruzadas y en el reverso decía 1587.

—¡Genial! —exclamó Judy.— ¡En el mío aparecen Barbanegra y Anne Bonny!

—¡Guau! —dijo Stink—. Son como dólares de plata, pero de oro. ¿Son de verdad?

—Si los muerdes, te romperás los dientes.

—No estará embrujado, ¿verdad? —preguntó Stink.

—¿Crees que un viejo lobo de mar como yo le jugaría una mala pasada a un compañero pirata como tú? —Escorbuto Sam guiñó un ojo. Se volvió a la gente.

—Y esto es todo, compañeros. Gracias a todos por su colaboración para participar en La Tercera Caza Anual del Tesoro Pirata, un acontecimiento tan interesante y tan sonado. ¡Y, por favor, no se vayan sin llevarse su botín pirata! ¡Hay un tesoro para cada uno!

Los asistentes piratas pasaron repartiendo bolsas con chucherías, mientras

¡Arrr!

Escorbuto Sam estrechaba las manos de todos los que habían participado en la caza del tesoro.

—Te dije que estaba en la campana —dijo una voz de chica.

—Sí, ya lo sé, pero no dijiste en qué campana, y había una en el museo —dijo la voz del chico.

Judy abrió los ojos asombrada. A Stink le dio hipo. ¡Eran el chico alto y la chica lista!

—¡Qué suerte han tenido! —les dijo la chica lista a Judy y a Stink—. Nosotros hemos venido desde Maine y nos hacía tanta ilusión ganar...

—Lo intentamos con todas nuestras fuerzas. Y estábamos seguros de que íbamos a conseguirlo —dijo el chico alto.

—¡Guau...! —dijo la chica lista admirando el doblón de Stink—. ¡Cómo brilla!

—Sipi —afirmó Stink—. Y sólo hay una cosa mejor que el oro.

—¿Qué puede ser mejor que el oro? —quiso saber Judy.

—Un paseo en un verdadero barco pirata —dijo Stink.

—Yo daría lo que fuera por poder subirme a un barco pirata —dijo el chico alto.

Judy miró a Stink. Stink miró a Judy. Ella no podía evitar sentirse un poco mal por ha-

berles ganado. Y estaba segura de que a Stink le pasaba lo mismo.

—Nosotros, después de todo, no podemos dar el paseo en el barco pirata —dijo Judy.

—¿Qué? —dijeron la chica lista y el chico alto al mismo tiempo.

—¿Están locos, o qué? —dijo Escorbuto Sam, que los había oído.

—Al menos, no podemos hacerlo solos. Estaríamos quebrantando la regla pirata número dos —dijo Judy.

—¡Es cierto! —intervino Stink—. La regla pirata dos dice que si encuentras un tesoro tienes que compartirlo… en partes iguales.

—¡Por todos los tiburones, tienen razón! —dijo Escorbuto Sam—. Y el castigo

por quebrantar esa regla es ser abandonado en un isla desierta sin nada que comer más que cucarachas y gusanos.

—Tienen que venir con nosotros —les
dijo Stink a la chica lista y al chico alto.

—Sálvennos, por favor, de tener que
comer cucarachas y gusanos —pidió
Judy.

—Además, la verdad es que, de alguna manera, nos ayudaron—dijo Stink.

—¿Nosotros? —dijo la chica lista arru-
gando la nariz.

—Los vimos mirando con sus binoculares, así que nosotros miramos también en la misma dirección. De este
modo es como descubrimos el símbolo
pirata.

—¡Pero nosotros lo encontramos por ustedes! —dijo el chico alto—. Los vimos señalando el cartelón de delante de la tienda y eso nos hizo mirar.

—Stink te oyó decir en el cementerio "la X marca el lugar", así que te siguió —dijo Judy—. Y por eso encontramos el reloj de arena.

La chica lista miró a Escorbuto Sam.

—¿Podemos...?

—Me sentiré muy honrado de tener dos piratas más en mi barco, hermosa dama.

—¿De verdad? —preguntó la chica lista.

—Lo juro por la salud del capitán pirata Davy Jones.

—Todo arreglado, pueden venir —dijo Stink—, pero con una condición.

—¿Qué condición?

—Tendrán que trapear la cubierta de popa —dijo Stink.

—¡Nooo! —protestaron el chico alto y la chica lista.

—¡Era una broma! —exclamó Stink riendo y todos rieron con él. La risa de Stink era tan escandalosa que el viento la recogió y la llevó a través de los siete mares y la trajo de vuelta... una risa que resonará en la isla Pirata durante años y años...

Reglas piratas

1. El voto de cada hombre a bordo vale lo mismo y todos tienen derecho a la misma cantidad de comida y bebida.

2. Cada miembro de la tripulación recibirá una parte igual del tesoro.

3. Nadie apostará dinero en las cartas o en los dados.

4. Las luces y las velas se apagarán cada noche a las ocho en punto, bajo pena de castigo.

5. Cada miembro de la tripulación tendrá una pistola y un machete preparados para ser utilizados en cualquier momento.

6. No se permitirá a ninguna chica ni mujer subir a bordo. El que quebrante esta regla morirá.

7. Abandonar el barco durante una batalla será castigado con la muerte o el abandono en una isla desierta.

8. No se permiten las peleas a bordo. Los que tengan que arreglar diferencias deben hacerlo en tierra.

9. No hablar de que alguien abandone el barco hasta que haya recibido un botín de, al menos, mil libras.

10. El músico del barco descansará los domingos.